Adolf Bernhard Meyer

Über neue und ungenügend bekannte Vögel von Neu-Guinea und den Inseln der Geelvinksbai. (Zweite Mittheilung.)

Antigonos

Adolf Bernhard Meyer

Über neue und ungenügend bekannte Vögel von Neu-Guinea und den Inseln der Geelvinksbai. (Zweite Mittheilung.)

Unveränderter Nachdruck der Originalausgabe von 1874.

1. Auflage 2024 | ISBN: 978-3-38634-059-5

Antigonos Verlag ist ein Imprint der Outlook Verlagsgesellschaft mbH.

Verlag: Outlook Verlag GmbH, Zeilweg 44, 60439 Frankfurt, Deutschland, info@outlook-verlag.de
Vertretungsberechtigt: E. Roepke, Zeilweg 44, 60439 Frankfurt, Deutschland
Druck: Libri Plureos GmbH, Friedensallee 273, 22763 Hamburg, Deutschland

Über neue und ungenügend bekannte Vögel von Neu-Guinea und den Inseln der Geelvinksbai.

(Zweite Mittheilung.)

Von Dr. Adolf Bernhard Meyer.

Im Anschluss an meine ornithologischen Notizen im Bd. LXIX, Seite 74 ff. gebe ich in Folgendem weitere Mittheilungen über meine Ausbeute auf Neu-Guinea und den Inseln der Geelvinksbai, welchen ich binnen Kurzem noch mehre folgen zu lassen beabsichtige.

Monarcha kordensis n. sp.

Ich besitze von *Kordo* (auf der Insel Mysore) acht Exemplare einer *Monarcha*, die *M. chrysomela* (Garn.) von Neu-Guinea, von welcher Art ich neun Exemplare von verschiedenen Localitäten (Nappan, Passim, Andei und Puta auf dem Arfakgebirge) mitbrachte, zwar nahestehen, sich jedoch auf den ersten Blick von ihr unterscheiden:

M. kordensis ist nämlich nicht gelb wie *M. chrysomela*, sondern orangefarbig, und der Kopf, welcher bei *chrysomela* nur einen orangenen Anflug hat, ist bei der Form von der benachbarten Insel feurig angehaucht. Ferner ist nicht der ganze Rücken schwarz, wie bei *chrysomela*, sondern nur der Ober-rücken, so dass man beschreibend sagen muss: Oberseite orange mit schwarzem Fleck auf dem Oberrücken. Sonst ist die Farben-vertheilung wie bei *chrysomela*.

Die Weibchen von *kordensis* unterscheiden sich ebenso auffallend von den Weibchen von *chrysomela*, indem die Unterseite orange ist, kaum etwas dunkler als beim Männchen, und nicht bräunlichgelb, wie bei *chrysomela*. Kehle weisslich, Gurgelgegend tief orange. Kopf dunkler orange mit bräunlichem

Anfluge, nicht olivenbräunlich wie bei *chrysomela*. Oberseite olivenbräunlich, mit orangenem Schimmer. Flügeldeckfedern mit breiten gelben Endsäumen.

Masse: Totallänge 156 Mm., Schwanzlänge 70 Mm., Flügellänge 83 Mm., Schnabellänge 13 Mm.

Ein junges Männchen im Übergangskleide unterscheidet sich von dem Weibchen nur dadurch, dass es einige Federn an der Gurgel schön schwarz gefärbt zeigt.

Monarcha guttula (Garn.).

Das Jugendkleid dieses Vogels ist bis jetzt noch nicht bekannt gemacht worden. Ich erbeutete am Fusse des Arfakgebirges (Andei, Juli 1873) ein junges Weibchen, welches sich von den ausgefärbten Vögeln (ein Männchen in Mum an der Westküste der Geelvinksbai, Juni 1873, und ein Weibchen in Passim ebendaselbst, Juni 1873) in Folgendem unterscheidet:

Stirn und Vorderkopf noch nicht schwarz, sondern schwärzlichgrau und das Schwarz der Kehle und der Gurgel noch nicht glänzend. Flügeldeckfedern und Schwingen zum Theil noch bräunlich und die weissen Flecke der Schultern erst zum Theil und in geringerem Grade ausgebildet.

Artamus maximus n. sp.

Ganze Oberseite bis auf die weissen oberen Schwanzdeckfedern, Kehle und Gurgelgegend schwarz. Unterseite und untere Flügeldeckfedern weiss, Flügelrand schwarz. Unterseite der Schwingen und der Schwanzfedern silbergrau, Schnabel bläulich, Füsse und Krallen schwarz.

Masse: Totallänge 230 Mm., Flügellänge 161 Mm., Schnabel von der Stirn 22 Mm.

Fundort: Arfakgebirge auf Neu-Guinea, Hattam c. 3500' hoch., Juli 1873.

Es unterscheidet sich diese neue Art, von welcher ich leider nur ein Exemplar erbeutete, durch ihre Grösse und durch ihre schwarze Farbe. Man könnte vielleicht daran denken, sie an *Loxia melaleuca* Forst. von Neu-Caledonien [1] anzuschliessen,

---

[1] Descr. anim. S. 272.

welche in der Beschreibung schwarz genannt wird, allein diese Art
ist etwa einen Zoll kleiner. Gray[1] sagt von *A. melaleucus*: „This
species is quite distinct from *A. leucorhynchus*, being of a darker
colour on the upper surface“. Von Neu-Caledonien benannte
Bonaparte[2] noch zwei Arten: *A. Berardi* und *Arnouxi*, ohne
sie mit mehr als ein paar Worten zu beschreiben. Von letzterer
Art sagt er: „entièrement grise“, sie kann daher nicht in Betracht
kommen; von ersterer: „noire“. Gray[3] indentificirt diese *(Berardi)* aber mit *A. melaleucus* (Forst.), wiewohl er in der Handlist[4] durch ein ? andeutet, dass es nicht sicher sei; jedenfalls
also müssen diese zwei Formen sich nahestehen, und da man an-
nehmen kann, dass, wenn sich *A. Berardi* durch seine Grösse
ausgezeichnet hätte, es bemerkt worden wäre, so ist, abge-
sehen von anderen Gründen, meine Art *(maximus)* nicht dazu
zu rechnen. Von Neu-Guinea ist ausserdem *Artamus papuensis*
(Temm.) bekannt, welche Art Bonaparte[5] zuerst beschrieb als
„*nigricans*“ und „*minor*“ im Gegensatze zu der Celebes-Form,
welche er „*major*“ nennt. Wallace[6] sagt von *A. leucogaster*[7]:
„from Sumatra to New-Guinea. From the large specimens of
North Celebes to the small ones of Timor and New-Guinea there
is such a gradation of size in the various islands, that it is impos-
stible to separate birds, which otherwise agree exactly in form
and coloration. *A. papuensis* will have to be considered as a very
slight local variety of the present bird.“ Auch Walden[8] sagt:
„The Celebean bird is much the largest and ought, perhaps, to
receive a separate specific name“.

Da mein Exemplar von *A. maximus* von Neu-Guinea viel
grösser ist, als die von Celébes bekannte Art, und da es auch in
der Färbung auf den ersten Blick von derselben differirt, da

----

[1] Proc. Zool. Soc. 1859, S. 163.

[2] Comptes rendus 38. Bd. 1854, S. 538.

[3] Cat. of birds of the trop. islands of the pac. ocean, 1859, S. 23.

[4] I. 1869, S. 289 (wo der Forster'sche Name in „*melanoleucus*“ um-
geändert ist).

[5] Consp. I. 344.

[6] Proc. Zool. Soc. 1863, S. 28.

[7] Wallace citirt „Val. Ann. Mus. II. Nat. IV.“, es muss heissen:
„Mem. du Mus. H. N. IV. 1820“.

[8] Birds of Celebes, Trans. Zool. Soc. VIII. S. 67.

A. papuensis aber von allen eben citirten Autoren als noch kleiner als die Celébes-Form angegeben wird, so muss es also auf Neu-Guinea zwei sehr nahe miteinander verwandte Arten von *Artamus* geben, welche zu gleicher Zeit die bedeutendsten Grössendifferenzen der ganzen Reihe aufweisen und von denen ich die kleinere Art nicht erbeutete. Das Vorkommen zweier nahe verwandter, aber doch verschiedener Arten ist auf Neu-Guinea kein seltenes, besonders sind sehr viele auf dem Arfakgebirge erscheinende Arten von denen der Küstenstrecken unterschieden. Es wäre in diesem Falle ein solcher Parallelismus eine analoge Erscheinung, wie die auf Nord-Celébes, wo zwei Arten von *Artamus: A. monachus* und *A. leucorhynchus*, vorkommen, von denen die erstere grössere auf die Gebirge, die letztere kleinere auf die Strandgegenden beschränkt ist. Allein mir scheint nach den bis jetzt vorliegenden Angaben das Vorkommen der kleineren Art auf Neu-Guinea noch nicht genügend sichergestellt zu sein.

Rectes jobiensis n. sp.

Einfarbig rothbraun, auf der Oberseite etwas dunkler als auf der Unterseite. Innenfahnen der Schwingen an der Oberseite schwärzlich, an der Unterseite mehr ins Graue ziehend. Schnabel hell (wie bei *R. kirrocephala*), Füsse schwärzlich, Krallen wie Schnabel.

Fundort: Ansus auf Jobi, April 1873.

13 Exemplare: 8 ♂, 4 ♀, die keinen Unterschied aufweisen, und ein ganz junges Männchen, welches bis auf den dunkleren Schnabel wie die älteren Vögel gefärbt ist, aber in allen Dimensionen kleinere Masse aufweist.

Masse: Totallänge 250—270 Mm., juv. 195 Mm., Flügellänge 120 Mm., juv. 98 Mm., Schwanzlänge 117 Mm., juv. 73 Mm., Tarse 37 Mm., juv. 35 Mm., Schnabel von der Stirn 23—25 Mm., juv. 17 Mm.

Der Schrei dieses Vogels ist „Chrrrr" und er scheint *Diphyllodes speciosa* manchmal auf den Spuren zu folgen.

Ich halte es für möglich, dass der soeben beschriebene Vogel das Jugendkleid von *R. strepitans* J. u. Puch. oder einer nahe-

stebenden Form darstellt, wie *R. kirrocephala* das von *R. dichroa*
(siehe unten), allein ich wage nicht, dieses mit Sicherheit auszu-
sprechen. Mir liegt von derselben Localität (Jobi) nur ein Indi-
viduum von *R. strepitans* vor, welches etwas kleiner ist als die
in meinem Besitze befindlichen Exemplare derselben Art von
Neu-Guinea, die aber ebenfalls unter einander in der Grösse
variiren, wie es auch Exemplare von *R. kirrocephala* und *dichroa*
thun, d. h. es sind einige Exemplare ersterer Art kleiner als
Exemplare letzterer, aber auch die Exemplare von *R. kirrocephala* variiren untereinander der Grösse nach. Es unterscheidet
sich allerdings *R. strepitans* von *R. jobiensis* sofort durch die
Farbe des Gefieders, welches bei letzterer viel braunrother,
und durch die Farbe des Schnabels, welche bei *R. strepitans*
schwarz ist. Allein wie auch *R. kirrocephala* (als Jugendform
von *R. dichroa*) einen hellen Schnabel hat und *dichroa* einen
schwarzen, so könnte es auch bei dieser Art sein, so dass der
Unterschied in der Schnabelfärbung ohne Bedeutung wäre, und
auf die Körperfärbung möchte ich deshalb keinen so grossen
Werth legen, weil auch bei *R. kirrocephala* und *dichroa* das
Gefieder je nach dem Alter wie bei fast allen *Rectes*-Arten unterschieden ist. Bei diesen zwei Formen ist ein Zweifel, dahin-
gehend, dass es sich doch am Ende um verschiedene Arten handeln könnte, nicht zulässig, wie meine Serie von 16 Exemplaren,
welche alle Übergänge der zwei Formen darstellt, beweist. Eine
Stütze der ausgesprochenen Vermuthung finde ich ferner in dem
Umstande, dass *R. leucorhyncha* Gray vollständig mit *R. strepitans* übereinstimmt bis auf die Farbe des Schnabels, welche hell
ist bei ersterer, schwarz bei letzterer; auch ist das Gefieder bei
einem Exemplar von *leucorhyncha* von Weigeu im hiesigen k. Naturalien-Cabinet etwas röthlicher als das von einem Exemplar von
strepitans von Ceram ebendaselbst. Es wäre also eine vollstän-
dige Analogie vorhanden. Demnach würde man *R. leucorhyncha*
als eine unausgefärbte *R. strepitans* ansehen können, gerade so
wie möglicherweise *jobiensis*, wobei nicht ausser Acht zu lassen
ist, dass *R. strepitans* je nach dem Fundort und dem Alter in Grösse
und Färbung differirt. Zwar sagt Gray von *R. leucorhyncha* [1]:

„it is above the size of *strepitans*", allein das oben schon erwähnte Exemplar von letzterer Art im Wiener Museum, dessen Fundort Ceram ist, wenn man der Angabe des Händlers, von dem dasselbe gekauft wurde, Glauben schenken kann, ist genau so gross wie das Exemplar von *R. leucorhyncha* von Weigeü im Wiener Museum; jener Unterschied, den G r a y angiebt, ist daher nicht stichhaltig, und es bliebe dann nur noch die ungleiche Schnabelfärbung als Unterschied übrig, in welcher jedoch aller Wahrscheinlichkeit nach, so wenig wie bei *R. kirrocephala* und *dichroa*, ein Artunterschied zu suchen ist. Ich zweifle daher kaum, dass *R. strepitans* und *R. leucorhyncha* in e i n e Art zusammenzuziehen sein werden. Weniger zuversichtlich kann ich mich in Bezug auf die neue Art *jobiensis* äussern, weshalb ich mich auch veranlasst sehen musste, sie vorläufig abzutrennen. Erst ein grösseres Material von *R. strepitans* von Jobi wird die Frage endgültig entscheiden können; bei dem mir vorliegenden e i n e n Exemplar muss ich mich begnügen, die M ö g l i c h k e i t dieses Zusammenhanges, den ich nicht mit Sicherheit behaupten kann, angedeutet zu haben, aber vorläufig ist es schon aus praktischen Gründen geboten, diese verschiedenen Formen als „Arten" von einander zu trennen.

Rectes kirrocephala (L e s s o n).

Ich erbeutete auf Neu-Guinea 16 Exemplare einer *Rectes*, welche zum Theil unter diese Art, zum Theil unter *R. dichroa* Bp. gestellt werden müssten, zum Theil aber in ihrer Färbung zwischen beiden stehen, so dass die Nothwendigkeit der Zusammenziehung dieser beiden Arten in e i n e zur Evidenz klar wird. *R. kirrocephala* ist nur das Jugendkleid von *R. dichroa*. Dass es kein Geschlechtsunterschied ist, wie man vielleicht denken könnte, beweisen meine Exemplare ebenfalls, indem die zehn Männchen und sechs Weibchen, welche ich erlegte, sich unter beide Formen vertheilen. Ich erlegte junge Männchen und Weibchen, welche L e s s o n's Abbildung [1] vollkommen gleichen, und Männchen und Weibchen, welche *R. dichroa* durchaus entsprechen,

---

[1] Voy. de la Coquille, Tafel 11.

dazwischen aber alle Übergänge vom grauen Kopf in den schwarzen, von den graubraunen Schwingen und Schwanz in die schwarzen — kurzum dass kein Zweifel darüber aufkommen kann, dass diese zwei Arten zusammenfallen. Ausserdem bemerke ich, dass ich diese verschieden gefärbten Vögel durcheinander erlegt habe, und zwar an folgenden Localitäten: Rubi (Südspitze der Geelvinksbai) Waweji, Inwiorage, Nappan, Mum (an der Westküste derselben).

Ebenso wie *R. kirrocephala* die Jugendform von *R. dichroa* ist, so dürfte *R. cerviniventris* G. R. Gray (von Weigeü) die Jugendform sein von *R. uropygialis* G. R. Gray (von Mysol) oder von einer noch unbekannten, nahe verwandten Form. Das hiesige k. Naturalien-Cabinet besitzt ein Exemplar einer *Rectes*, welche *R. uropygialis* Gray sehr nahe steht, sich jedoch von derselben dadurch unterscheidet, dass das Schwarz der Unterseite die ganze Brust bis an den Bauch bedeckt, während es bei *R. uropygialis*, sowie bei *kirrocephala*, nur bis über die Gurgelgegend reicht. Als Fundort dieses Exemplars ist Ceram angegeben, da dasselbe jedoch von einem Händler angekauft und der Sammler nicht bekannt ist, so kann nicht mit Sicherheit auf diese Angabe gefusst werden. Sollte sie sich jedoch bestätigen, so möchte ich die Form als *Rectes uropygialis ceramensis* bezeichnen. Dieser Ceram-Vogel scheint etwas grösser zu sein, als die Form von Mysol. Ausserdem stammt aus derselben Quelle mit derselben Fundort-Angabe ein Exemplar, welches als *R. cerviniventris* Gray zu bezeichnen wäre, wenn diese überhaupt als besondere Art und nicht als Jugendform angesehen werden müsste. Es ist zwar kleiner als *R. uropygialis ceramensis*, allein dieser Umstand ist hierfür ohne Bedeutung, da einige meiner Exemplare von *kirrocephala* auch in der Grösse von Exemplaren von *dichroa* (auct.) beträchtlich abweichen.

Myiolestes megarhynchus (Q. & G.).

Ich besitze 15 Exemplare von Neu-Guinea (Inwiorage, Rubi, Passim, Nappan), 11 Weibchen und 4 Männchen, welche mit Exemplaren von *M. aruensis* G. R. Gray von Mysol und

Aru übereinstimmen. Wie bei den Arten der Gattung *Rectes*, welche *Myiolestes* sehr nahe verwandt ist, so kommen auch bei denen dieser letzteren leichte individuelle Unterschiede je nach dem Alter in Grösse und Färbung vor, welche nicht zu einer Species-Abtrennung berechtigen. Ich glaube daher, dass die von Gray[1] aufgestellte Art „*affinis*" von Weigeu nicht als Art zu halten sein wird, so wenig wie „*aruensis*" Gray,[2] welche unter *megarhynchus* zu subsumiren sein dürften. Auch halte ich den l. c. 1858 von Gray beschriebenen Geschlechtsunterschied nicht für einen solchen, sondern für einen Altersunterschied.

Welche Bewandtniss es mit *M. pulverulentus* Müll. hat, kann ich nicht entscheiden, da alles, was von dieser Art bekannt ist, in der kurzen Diagnose von Bonaparte[3] besteht: „*grisea, subtus alba*".

Podargus ocellatus (Q. & G.).

Ich besitze drei Exemplare aus der Bucht von Doré auf Neu-Guinea (von Doré und Andei, am Fusse des Arfakgebirges), ein Exemplar von Ansus auf Jobi und zwei Exemplare von der Westküste der Geelvinksbai (Mum und Passim auf Neu-Guinea), und schliesse mich Schlegel's Ansicht[4] an, dass die Arten *P. superciliaris* Gray und *marmoratus* Gould unter *P. ocellatus* zu stellen seien. Mein Vogel von Jobi gleicht demjenigen von Quoy und Gaimard,[5] welcher von Doré stammte, meine Exemplare von Doré und Andei gleichen sowohl der Abbildung von *P. marmoratus* Gould,[6] als auch der von *P. superciliaris* Gray,[7] und meine Exemplare von Mum und Passim endlich, ein unter sich gleiches Männchen und ein Weibchen, unterscheiden sich von allen dreien, ohne aber dass ich mich veranlasst sehen könnte, eine besondere Art für dieselben aufzustellen. Vielleicht sind es nur etwas jüngere Vögel, welche ich in Folgendem beschreibe:

---

[1] Proc. Zool. Soc. 1861, S. 430.
[2] L. c. 1858, S. 180.
[3] Consp. I. S. 358.
[4] Ned. T. v. d. D. III, 340.
[5] Voy. de l'Astr. Pl. 14.
[6] Birds of Australia, Appendix.
[7] Proc. Zool. Soc. 1861, Tafel 42.

Rothbraun. Auf den Flügeldecken einige weisse Flecken, Schwingen grauschwärzlich mit Braun marmorirt. Schwanz röthlichbraun mit Schwarz marmorirt. Schwingenunterseite einfarbig grau, nur die Aussenfahnen und die Enden der Federn etwas gelbbraun verwaschen. An der Kehle und Brust einige weisse Flecke. Hier und da zeigen einige Federn sowohl an der Ober- als auch an der Unterseite einen kleinen schwarzen Fleck am Ende, denen manchmal auch ein kleiner weisser folgt.

Das Weibchen hat die Unterseite blässer, etwas ins Gelbliche ziehend und die weissen Flecke auf den Flügeldecken mehr entwickelt, drei unvollständige Reihen formirend.

Masse:

	♂	♀
Totallänge	310 Mm.	300 Mm.
Flügellänge	165 „	170 „
Schwanzlänge	145 „	160 „
Schnabel von Stirn	30 „	25 „
Schnabel vom Mundwinkel .	50 „	54 „

Caprimulgus macrurus Horsf.

G. R. Gray trennte in der Handlist[1] von *C. macrurus* eine Art als *C. Schlegelii* ab, jedoch ohne sie zu beschreiben, nachdem er dieselben Exemplare früher unter *macrurus* gestellt hatte.[2] Ich vermuthe also gewiss mit Recht, dass die Exemplare, welche Gray vorgelegen haben, grosse Ähnlichkeit mit *macrurus* zeigen.

Ich erbeutete ein weibliches Exemplar eines *Caprimulgus* bei Andei auf Neu-Guinea, am Fusse des Arfakgebirges, und ein ebensolches bei Kordo, auf der Insel Mysore. Beide Exemplare stimmen in der Färbung mit *macrurus* überein und variiren nur unbedeutend in der Grösse von demselben und untereinander. Es kann nicht in Frage kommen, auf diese geringen Grössendifferenzen hin, die wohl auch unter Individuen von derselben Localität vorhanden sind, etwa neue Arten zu gründen. *C. macrurus* hat eben eine grosse Verbreitung bei vielfachen kleinen Unterschieden in der

---

[1] I, 57, 1869.
[2] S. Proc. Zool. Soc. 1858, S. 170; 1859, S. 154; 1861, S. 433.

Grösse und in den Nüancen des Gefieders je nach dem Alter, Geschlecht etc., und *C. Schlegelii* Gray, welche neue Art Gray selbst schon mit einem ? bezeichnet, dürfte einzuziehen sein.

Ich gebe die Masse von drei Exemplaren, welche in meinem Besitze sind:

	Halmahera	Mysore	Neu-Guinea
Totallänge...............	280 Mm.	270 Mm.	200 Mm.
Schwanzlänge...........	140 „	145 „	130 „
Flügellänge..............	200 „	185 „	175 „
Schnabel von Stirn	10 „	10 „	10 „
Schnabel vom Mundwinkel.	34 „	37 „	34 „

Campephaga strenua Schlegel.

Schlegel beschrieb[1] nur das Männchen dieser interessanten Art, das Weibchen war ihm unbekannt geblieben. Mir glückte es, auch dieses zu erbeuten, und zwar erhielt ich zwei Exemplare, eines in Rubi, an der Südspitze der Geelvinksbai, auf Neu-Guinea, und das andere auf dem Arfakgebirge. Ausserdem zwei Männchen ebenfalls in Rubi.

Das Weibchen unterscheidet sich vom Männchen durch das Fehlen des Schwarz am Zügel und dem Kinn; es zeigen die beim Männchen schwarz gefärbten Partien beim Weibchen dasselbe Blaugrau wie der ganze Körper. Ich will nicht unerwähnt lassen, dass das von mir auf dem Arfakgebirge erbeutete Weibchen den Oberkopf und die Unterseite des Körpers etwas glänzender blau gefärbt hat, als die anderen Exemplare.

Myzomela Rosenbergii Schlegel.

Schlegel beschrieb[2] zwei Männchen mit der Bezeichnung des Fundortes: „l'intérieur de la grande presqu'île septentrionale de la Nouvelle-Guinée". Ich erbeutete fünf Exemplare dieser Art, und zwar war mein exacter Fundort: Hattam, c. 3500' hoch, auf dem Arfakgebirge. Unter diesen fünf Exemplaren sind zwei junge unausgefärbte Vögel und ein Weibchen, welches

---

[1] Ned. Tijdschr. voor de Dierk. IV, S. 45.
[2] L. c. IV, S. 39.

letztere sich von den Männchen nicht unterscheidet. Die Jungen
dagegen zeigen folgende Differenzen:

Alle Partien, welche bei dem ausgefärbten Vogel schwarz
sind, hat der junge nur schwarzbraun (Kopf, Kehle und Kinn)
oder gelbbraun (Rücken) gefleckt, oder ganz gelbbraun (Brust,
Bauch und Unterleib); roth ist nur die Gurgelgegend, und ein-
zelne rothe Federn oder rothe Flecke findet man zwischen den
gelbbraunen Federn an den Halsseiten, dem Nacken, dem Rücken
und Bürzel. Ich besitze das Jugendkleid des Männchens und
das des Weibchens, die sich nicht unterscheiden.

Rhipidura threnothorax Müll.

Salomon Müller beschrieb[1] nur das Männchen dieser
Art. Ich besitze ausser zwei Männchen von Andei, am Fusse
des Arfakgebirges auf Neu-Guinea, auch ein Weibchen von
Passim an der Westküste der Geelvinksbai, bin jedoch nicht
sicher, ob dieses Weibchen schon ausgefärbt ist, oder ob ich in
Folgendem das Jugendkleid desselben beschreibe: Es unterscheidet sich vom Männchen dadurch, dass die Brust nicht
schwarz gefärbt ist mit den charakteristischen, lanzettförmigen
weissen Flecken, sondern bräunlichgrau, und dass nur eine
schwächere Andeutung dieser Flecken, welche aber gelblich verwaschen sind, an der Gurgelgegend vorhanden ist.

Todopsis Grayi Wallace.

Ich erbeutete ein Weibchen einer *Todopsis* bei Rubi auf Neu-
Guinea und stelle dasselbe zu dieser Art, trotzdem es auch ebenso
gut auf Schlegel's Beschreibung von *Myiagra glauca*[2] passt.
Beide Arten wurden von Neu-Guinea bekannt gemacht, allein
sowohl die Beschreibung von Wallace,[3] als auch die von
Schlegel ist nicht ausfühlich genug, um zu einer festen Über-
zeugung darüber zu gelangen, ob diese zwei Vögel überhaupt
von einander unterschieden sind, oder nicht. Letzteres ist
aber sehr wahrscheinlich, und es würde dann Wallace's

[1] Verh. Nat. Gesch. overz. bez., Land en Volkenk. S. 185.
[2] Ned. Tijdsch. voor de Dierk. IV, S. 41, 1871.
[3] Proc. Zool. Soc. 1862 S. 161.

Benennung zu gelten haben, da dieselbe 9 Jahre früher gegeben
worden ist.

Psittacula diophthalma (H. & J.).

Finsch[1] bezweifelt, dass der weibliche Vogel im ausgefärbten Kleide lederbräunliche Wangen habe, und sieht dieses
Stadium für ein Jugendkleid an. Ich erlegte in Passim auf Neu-
Guinea im Juni 1873 mit einem Schusse ein Paar dieses selte-
nen Papageies, welches sich als Männchen und Weibchen aus-
wies. Beide gleichen der ausgezeichneten Abbildung in der
Voy. au pôle sud, Tafel 25bis, Fig. 4 und 5 durchaus, und
ich zweifle nicht, dass in der verschiedenen Färbung ein
Geschlechtsunterschied zu suchen sei, und dass es sich bei dem
von mir hier erlegten Weibchen um einen ausgefärbten Vogel
handelt. Es ist nämlich nicht wahrscheinlich, dass sich die
Wangen noch roth färben werden, da sonst Alles an dem
Vogel ausgefärbt ist; und da ein anderes Weibchen, welches
ich später, Juli 1873, in Andei auf Neu-Guinea, am Fusse des
Arfakgebirges, erhielt, genau dieselbe Färbung darbietet, so
sehe ich hierin eine weitere Bestätigung meiner Ansicht. Als für
dieselbe sprechend bemerke ich ferner, dass die Endsäume einiger
Federn der Wangen beim Weibchen, besonders die dem rothen
Striche unter dem Auge benachbarten, eine blaue Färbung zeigen,
während sie sonst wie die ganze Wange ledergelblich sind. Es
ist dies an Stellen, welche beim Männchen schön roth gefärbt
sind, und wenn man auch vermuthen könnte, dass die ledergelbe
Färbung in Roth übergeht, so läge doch kein Grund vor zu behaupten, dass diese blauen Endsäume verschwinden, um einer
rothen Färbung Platz zu machen.

Dass es sich möglicherweise um eine andere Art bei den
Exemplaren mit gelblichen Wangen handeln könnte, wie
Wallace meint,[2] ist gänzlich auszuschliessen, nachdem ich ein

---

[1] Papageien. II. S. 629.
[2] Proc. Zool. Soc. 1864, S. 284.

Paar zusammen erlegt habe, von dem das eine Exemplar rothe, das andere gelbliche Wangen besitzt. [1]

Megapodius Reinwardti Wagler. (*M. Duperreyi* Lesson.)

Ich brachte 12 Exemplare von Neu-Guinea und kein einziges von den Inseln der Geelvinksbai mit, auf welchen ich nur Vertreter der dunkeln Sippe fand.[2] Die Orte, an denen ich jene 12 Exemplare erlegte, sind: Rubi (Südspitze der Geelvinksbai), Passim, Mum (Westküste derselben), Andei (Fuss des Arfakgebirges) und Doré. Unter denselben fallen jedoch zwei auf, welche zwar in der allgemeinen Körperfärbung mit den andern zehn übereinstimmen, aber kleiner sind und dunkle Beine haben. Sie erinnern daher sowohl durch ihre Kleinheit, als auch durch die Farbe der Beine an *Megapodius Gilberti* Gray von Celébes und Siao; schliessen sich aber in der Körperfärbung so genau an *M. Reinwardti* an, dass ich sie als jüngere, noch nicht ausgewachsene Vögel dieser Art betrachten möchte, da es ja auch von anderen *Megapodius*-Arten bekannt ist, dass sie, schon ausgefärbt, in der Grösse variiren.

Ich gebe in Folgendem die Masse verschiedener von mir gesammelter *Megapodien*: Nr. 1. *M. Gilberti* von den Togian-Inseln, Nr. 2. *M. Reinwardti* ♀ mit dunklen Beinen von Rubi auf Neu-Guinea, Nr. 3. ebenso, Nr. 4. *M. Reinwardti* ♀ mit gelblichen Beinen von Passim auf Neu-Guinea.

	Nr. 1.	Nr. 2.	Nr. 3.	Nr. 4.
Totallänge	290 Mm.	305 Mm.	300 Mm.	380 Mm.
Schnabellänge	15 „	16 „	17 „	21 „
Schwanzlänge	70 „	80 „	85 „	110 „
Flügellänge	200 „	200 „	205 „	260 „
Tarsen	52 „	55 „	65 „	78 „
Mittl. Zehe mit Kralle.	50 „	52 „	60 „	70 „

---

[1] Das oben erwähnte Weibchen von Andei erhielt ich von Papúas, welche es schon lange Zeit in der Gefangenschaft besassen und es wahrscheinlich sehr jung erbeutet hatten. Ich kam auf den Verdacht, dass sie den Vogel nur zu dem Zweck getödtet hätten, um ihn mir zu verkaufen, da sie sahen, dass ich für todte Vögel Glasperlen u. dgl. gab und wohl nicht vermutheten, dass es auch für lebende geschehen würde; allein sie wollten es nicht zugeben, sondern behaupteten, dass er gerade zufällig gestorben sei.

[2] Siehe *Megapodius geelvinkianus* in dem LXIX. Bd. der Sitzb. d. k. Akad. d. W. Febr.-Heft, S. 88.

Man sieht also, dass Nr. 2 und 3 der Grösse nach Nr. 1 (*M. Gilberti*) näher stehen als Nr. 4, in der Färbung allerdings kommen sie mit Nr. 4 überein. Gray hat[1] ein Junges von *M. Reinwardti* mit gelben Füssen abgebildet; ich selbst besitze kein Junges dieser Art, wohl einen jungen *Megapodius* von Jobi, der aber schwarze Füsse hat, und den ich nicht zu dieser Art stellen kann, sondern zu der schwarzen Sippe ziehen muss, für welche *M. Freycineti* typisch ist und welche auf den Inseln der Geelvinksbai durch meinen *M. geelvinkianus*[2] repräsentirt wird. Ist es aber richtig, dass das Junge von *M. Reinwardti* helle Beine hat, so wäre es unwahrscheinlich, dass die älteren Vögel dunkle, fast schwarze Beine bekommen sollten, die sich beim ausgewachsenen wieder in hellere umfärbten. Da es aber noch nicht als sichergestellt betrachtet werden kann, dass die Beine des ganz jungen *M. Reinwardti* gelb sind, so ziehe ich einstweilen diese zwei Vögel (Nr. 2 und Nr. 3) mit schwärzlichen Beinen zu dieser Art. Sollte sich jedoch mit der Zeit bei grösserem Materiale ein specifischer Unterschied herausstellen, so schlage ich für diese, *M. Reinwardti* nahe verwandte und an derselben Localität lebende, aber kleinere Form mit dunklen Beinen den Namen *Megapodius affinis* vor, da es wegen ihrer Körperfärbung nicht möglich ist, sie zu *M. Gilberti* Gray von Celébes zu ziehen.

Ich bemerke schliesslich, dass die Beine meiner zehn Exemplare von Neu-Guinea alle gelblichbraun sind mit schwarzen vordersten Zehengliedern und Krallen und röthlichbraunen Fusssohlen. Es machen eben all' diese Beine den Eindruck, hell zu sein, worauf sich auch Schlegel's Eintheilung[3] in „espèces avec pieds clairs" und in „espèces aux pieds foncés" gründet. Die beiden Exemplare (Nr. 2 und Nr. 3) aber haben durchaus dunkle Beine, und zwar Nr. 2 braunschwarze mit einem Stich ins Rothbraune und Nr. 3 ganz schwarze.

---

[1] Proc. Zool. Soc. 1861, Tafel 33
[2] L. c.
[3] Ned. Tijdschr. v. de Dierk. III, S. 260.

Casuarius sp.

Ich brachte von Neu-Guinea, und zwar aus der Umgegend von Doré, einen jungen, noch nicht ausgefärbten männlichen Casuar, und ein kleines, ganz junges Männchen mit, welche ich nicht mit Sicherheit bestimmen kann, und es daher vorerst unentschieden lassen muss, zu welcher Art sie gehören. Rosenberg erbeutete ungefähr in derselben Gegend, nämlich in Andei, welches etwa nur drei Stunden Ruderns von Doré entfernt liegt, ein Weibchen und ein Junges, die zwar zuerst nicht von Schlegel als neue Art (*C. papuanus* Ros. in lit.) anerkannt, sondern zu *C. Bennettii* gestellt wurden,[1] aber später[2] doch ihre specifischen Rechte vindicirt erhielten. Allein ich finde es nach reiflicher Erwägung noch nicht als sicher beigebracht, dass *C. papuanus* Ros. von *C. uniappendiculatus* Blyth specifisch zu trennen sei. Wir kennen von letzterer Art noch nicht genügend viele Alters- und Geschlechts-Stufen, um diese Frage endgültig zu erledigen. Das im Londoner Zoologischen Garten 1872 lebende Exemplar von *C. Kaupii* Scl.,[3] welches Schlegel zu *C. papuanus* zieht, war von „Mansinam“, und Sclater meint, es sei dies in der Nähe von Andei, dem Fundort der Rosenberg-schen Exemplare. Nun ist aber Mansinam eine kleine Insel in der Bucht von Doré, $\frac{1}{4}$ Stunde Ruderns von dem Dorfe Doré entfernt, und sie selbst beherbergt wegen ihrer Kleinheit sicher keinen Casuar. Mansinam, der Hauptort der Insel, ist der Anker-platz für alle Händler, welche diesen Theil von Neu-Guinea besuchen (die Insel selbst heisst eigentlich „Manaswari“, d. i. „die Vögel lieben es“, allein man nennt sie meist nach dem Hauptplatze), und wenn daher etwas als von „Mansinam“ her-stammend bezeichnet ist, und noch dazu ein Casuar, der auf der kleinen, stark bevölkerten Insel absolut nicht hausen kann, so bedeutet das, dass er von anders woher hingebracht worden ist,

---

[1] Ned. Tijdschr. voor de Dierk. IV, S. 54.

[2] Mus. Pays-bas. Struth., S. 11, 1873.

[3] Proc. Zool. Soc. 1872, Tafel 9. Schlegel und von Rosenberg haben *C. Kaupii* Ros. eingezogen und als zu *C. uniappendiculatus* Blyth gehörig erklärt. Siehe Schlegel l. c. und Rosenberg, Journal für Ornithologie, Bd. 21, S. 390.

und da sind denn viele Möglichkeiten nicht ausgeschlossen. Auf
Jobi kommt ein Casuar vor, wie ich sicher weiss, denn ich sah
seine Spuren an verschiedenen Orten auf dieser Insel, allein es
gelang mir trotz aller Mühe nicht, eines Exemplares habhaft zu werden. Er heisst hier bei den Papúa's „*Orurai*". Da der von Sclater
abgebildete Vogel, *C. Kaupii*, sich von dem im Leidener Museum
befindlichen, *C. papuanus*, wie Schlegel ausdrücklich hervorhebt [1]
unterscheidet, so ist um so eher vielleicht daran zu denken, dass in
ersterem ein Casuar einer anderen Localität vorliegt. Es ist also
dieses Exemplar noch nicht in die Betrachtung nach dem specifischen Werthe von *C. papuanus* einzuführen, und es bleiben nur die
zwei Exemplare des Leidener Museums, ein Weibchen und ein
Junges, zur Etablirung der neuen Rosenberg'schen Art. Diese sind
aber, bei der schon oben hervorgehobenen Unkenntniss, in
welcher wir uns in Betreff der verschiedenen Stadien von
C. uniappendiculatus (der Art, welche auf Neu-Guinea zu Hause
ist) noch befinden, um so weniger genügend, als es meiner
Ansicht nach noch nicht ausgemacht ist, dass das Weibchen,
welches Schlegel als ausgewachsen beschreibt, auch that-
sächlich ganz ausgefärbt ist. Doch es kann unsere Kenntniss
nicht viel fördern, die Möglichkeiten, welche in Betracht
kämen, alle durchzusprechen, ehe nicht ein grösseres Material
die Angelegenheit ganz einfach entscheiden wird. Keinen-
falls aber liegt sie so klar, wie Sclater sie dargestellt hat,
und ich kann mich auch der Schlegel'schen Ansicht nicht an-
schliessen; mir scheint das vorhandene Material von *C. papuanus* Ros. und *C. Kaupii* Scl. noch zu ungenügend, um zu einer
apodiktischen Meinungsäusserung zu berechtigen.

Um meinestheils, so viel ich kann, zur Klärung der An-
sichten beizutragen, so gebe ich wenigstens die Details über
meine zwei Exemplare, wenn diese auch nichts, die Frage Ent-
scheidendes enthalten.

Unausgefärbtes Männchen: Kopf und Halsseiten rothbraun, Rücken und Brust braun und schwarz melirt. Gurgel,
Bauch und Unterleib gelblich. Seitliche nackte Halsstreifen wie
das Gefieder gefärbt. Nirgend sonst nackte Haut. Kein Appendix.

---

[1] Mus. Pays-bas. Struth. 1873, S. 12.

Füsse olivengelblich, wie das Gefieder des Unterleibes, Fusssohlen dunkler.

Masse: Tarsen 180 Mm., mittlere Zehe mit Kralle 110 Mm., Schnabel inclusive Kopfplatte 88 Mm.

Junges Männchen: Dunkelbraun, auf dem Rücken mit 6—8 gelblichen Längsstreifen. Kopf dunkler rothbraun, mit Schwarz melirt.

Masse: Tarsen 110 Mm., mittlere Zehe mit Kralle 70 Mm., Schnabel inclusive Kopfplatte 67 Mm.

Auf Ternate sah ich lebend ein ausgefärbtes Weibchen von *C. uniappendiculatus*, welches von Neu-Guinea hergebracht worden war und die ganze schöne Färbung der Männchen an Kopf und Hals zeigte.
